輕鬆學作文

結構修辭篇

何 捷　著
奧東動漫　繪

商務印書館

責任編輯	毛宇軒
裝幀設計	涂　慧
排　　版	高向明
責任校對	趙會明
印　　務	龍寶祺

輕鬆學作文‧結構修辭篇

編　著	何　捷
繪　圖	奧東動漫
出　版	商務印書館（香港）有限公司
	香港筲箕灣耀興道 3 號東滙廣場 8 樓
	http://www.commercialpress.com.hk
發　行	香港聯合書刊物流有限公司
	香港新界荃灣德士古道 220-248 號荃灣工業中心 16 樓
印　刷	嘉昱有限公司
	香港九龍新蒲崗大有街 26-28 號天虹大廈 7 字樓
版　次	2023 年 12 月第 1 版第 1 次印刷
	© 2023 商務印書館（香港）有限公司
	ISBN 978 962 07 4675 8
	Printed in Hong Kong

作文派英雄卡

油菜花

作文派三弟子。冰雪聰明，內外兼修，最擅長舉一反三，作文功力勝於兩位師兄。

至尊飽

作文派二弟子。善良老實，為人仗義，軟肋是貪吃。

小可樂

作文派大弟子。機智勇敢，勤學肯練，好奇心強，遇到高強的作文功夫就走不動路，不學到手不罷休。

東寫

章真人

萬花筒

西讀

包打聽

觀海　看山

白日夢

唐三百

景語大師

華小仙

老頑童

梅

松

馬優

王大蟲

竹

一修大師

肖遙

目　錄

修辭篇

楔
子

「作文奇俠」小可樂

　　小可樂，小四男生，人稱「作文奇俠」。不要誤
會，他其實是因為作文寫得離奇古怪，所以成了「奇
俠」。

　　他有顆不算聰明卻也不算太笨的腦袋瓜，對這世
界上好玩的事物都充滿了好奇心。他整天樂呵呵的，
所以得名「小可樂」，最喜歡的是武俠小說、遊戲、
漫畫和可樂，而最頭疼的便是作文。

　　他常常幻想自己是武林中一個門派的掌門、一代

大俠，讓虎背熊腰的至尊飽、品學兼優的油菜花等小夥伴都聽從自己的號令，笑傲江湖，好不威風。

可理想很豐滿，現實卻常常很骨感。

小可樂非但沒能在江湖上叱咤風雲，還總是因為不能寫好作文而頭疼不已，「作文奇俠」的雅號讓立志當大俠的他在小夥伴們的面前有點抬不起頭來。

這一切，都被他的語文老師 —— 大熊老師看在眼裏。有一天，大熊老師叫來小可樂，神神祕祕地從懷中掏出一本藍皮的線裝書。小可樂定睛一看，封面上分明寫着「作文神功」四個大字。大熊老師笑道：「其實我是來自作文江湖的熊大師，我見你天資聰穎、骨骼清奇，是塊寫作文的好材料，便將這本奇書傳授於你，你可要好好參詳。孩子，維護作文江湖和平的重任，我就交給你了。」

此話令小可樂驚喜不已，振奮莫名。他懷着好奇與興奮之情打開此書，只見一道金光閃過，他眼前一黑，進入了作文江湖，開啟了一段奇妙的旅程⋯⋯

結構篇

第一回

千人一面易容術
寫出特點，打破千篇一律

同臉城裏撞臉怪，千人一面是禍害。
作文寫出特色來，千篇一律不可愛。

　　在武俠小説裏經常會有精通易容術的高手，只要蒙上一張人皮面具，立刻就變成了另外一個人的模樣，比如金庸《天龍八部》裏的阿朱，《鹿鼎記》裏潛伏在皇宮中的假太后，效果讓人瞠目結舌。

　　今天，古代的易容之説已經成為一門專門的技術，也稱為「塑型化裝」。只是，人們通常在影視戲劇表演的時候才會使用。假如有一天，世界上每個人的外表都變得一樣，千人一面，沒有屬於自己的特點，那就沒有美可言了。寫作文，也要避免千篇一律，要寫出事物的特點。

小可樂

作文派

作文神功

你醒啦……

！

我是你大師父——東寫！

俺是你二師父——西讀！

今日收你為徒，快與我們一同修煉吧。

於是，小可樂開始了他作文江湖之旅。

我這就算穿越了？

第二天

小可樂！

練兵千日，用兵一時，今日為師給你個小任務……

可我才剛來一天呀……

最近，我們江湖上出了個「千人一面門」，他們為禍世間，用「易容學」把很多人變成了擁有同一張面孔的「撞臉怪」……

聽說這些人都是「彎彎的眉毛、高高的鼻梁、圓圓的臉蛋，還有兩隻大大的眼睛，好像兩顆鑲嵌在臉上的黑葡萄……」

啊？這不是我以前寫作文時經常用來描述人物形象的句子嗎？

師父！這件事就交給弟子吧！

帶上這本《作文神功》，關鍵時刻會用上的！

多謝師父。

一番跋涉，小可樂來到了「千人一面門」的領地：同臉城。

就是這。

果然這城裏的人，臉都長得一模一樣……

你是誰？我不認識你呀！

小可樂！真的是你呀！

我……我是至尊飽呀！

我在家裏正吃雞腿呢，忽然來到這個世界，被「千人一面門」的「易容術」害成了這樣……

……

小可樂，救我……

至尊飽有着肉嘟嘟、圓滾滾的臉蛋，中間長着小土豆一般的圓鼻子。圓溜溜的大眼睛像烏黑的寶石。兩頰還生着些許雀斑，像撒上了幾粒小芝麻。

嘴巴不大，腮幫子卻高高鼓起，像能把世間的所有美味一網打盡。

有了。

拳法成功，於是小可樂一鼓作氣幫助城中其他人恢復了本來的面貌。

至尊飽跟着小可樂回山同拜兩位師父為師，成了小可樂的師弟。

這世上的人，千人千面，各有特點，若都長着同樣一張臉，那該是多麼可怕的事情啊！寫作文亦是如此，如果不能寫出自己的特色，所有的文章都是千篇一律的，沒有特點，這還有甚麼意思！

祕籍點撥

寫作文怕千人一面，有以下妙招可以幫助你：

1. 抓外貌，讓人過目不忘

《紅樓夢》中，王熙鳳的出場便從外貌寫起：「一雙丹鳳三角眼，兩彎柳葉掉梢眉。身量苗條，體格風騷。粉面含春威不露，丹脣未啟笑先聞。」

2. 抓性格，使人印象深刻

通過語言描寫，體現王熙鳳的八面玲瓏——「一語未完，只聽後院中有笑語聲，說：『我來遲了，不曾迎接遠客！』」

用武之地

這位少俠，你最重視的親人和最要好的朋友都被「千人一面門」的壞傢伙們給抓走關在了「同臉城」裏，這裏所有的人都中了「易容術」，成了一個個「撞臉怪」。現在，拯救他們的時候到了，趕緊使用東寫、西讀兩位師父傳授的「還我原貌拳」去幫他們恢復原貌吧！

寫兩個你熟悉的人物的外貌，可以是你的父母、親戚，也可以是你的同學、朋友，但請一定要寫出他們的外貌特點，讓他們能夠與眾不同，從而將他們成功從「千人一面門」手中解救出來！

第二回

東寫西讀練內功

閱讀與寫作相輔相成

多讀軒裏多讀書，勤寫閣內勤寫文。
先讀後寫是法門，讀寫相輔又相成。

　　閱讀和寫作的關係就是弓和箭的關係。

　　離開閱讀談寫作，基本是一個毫無意義的話題。閱讀是寫作的一個前提，寫作是閱讀的一個結果。要把箭射出去得有弓，而要把箭射到很遠很遠的地方去，這把弓得很強勁。所以，箭能不能射出去、能射多遠，取決於弓的強勁和射箭時積蓄的力量。同理，要想寫出好文章，離不開對古今中外的文學經典的廣泛閱讀積累。

消滅「千人一面門」之後，小可樂和至尊飽在東寫、西讀兩位師父的悉心教導下，刻苦研習起了「作文神功」。

咔白！

呀！

嘖！

油菜花是我們全校出名的尖子生。

油菜花！她怎麼也在？

師父，請受徒兒一拜！

好。

有了這個學霸師妹，咱們的學藝之路可就苦嘍！

東寫師父負責傳授大家武功招式，西讀師父則專門傳授內功心法。

這日，東寫師父在「勤寫閣」單獨傳授油菜花神奇的寫作武功招式。

我也想學武功，師父為何不教咱們呢？

還敢偷看？快回去讀書！

天天讀書，使得好動愛玩的小可樂和至尊飽感覺如坐針氈。

師父，小師妹入門比我們晚，為何她已經能學武功招式，我們卻一直在背心法口訣？

就是，您老是讓我們讀這些「四書五經」，可是小師妹卻後來居上，已經學起了厲害的寫作招式，這不公平啊！

哈哈哈！

……

你們倆太着急了，要知道「心急吃不了熱豆腐」。在我們作文派裏，東寫師父負責教寫，我西讀師父負責教讀。讀和寫，是作文派的內功與外功，這兩者相輔相成，缺一不可，讀是寫的基礎，若不讀，就寫不好，杜甫說過「讀書破萬卷，下筆如有神」，如果沒有充分的閱讀內功的積累，你靠甚麼施展出厲害的寫作招式呢？

所以，你們倆還是靜下心來讀書吧。

孔子說「有教無類」，您這樣不是區別對待徒弟嗎？

嗯！很好！

輕鬆學作文

你能引用孔子的話，可見這兩天的《論語》沒有白讀，但是讀得還不夠多，孔子還說過「因材施教」，說的是老師應當根據每個學生不同的特點，用不同的方法來教育學生，所以你們倆呀，當然要先多讀書，多積累些內力，再循序漸進修煉外功。慢點吃，別噎到啦！

小可樂二人認真聽從了師父的教誨，就是吃得有點撐！

當天晚上，兩人在「多讀軒」裏讀書讀到了二更天。

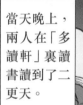

好睏啊……

「勤寫閣」的燈還亮着呢。

原來小師妹在學習外功的同時，也沒忘記修煉閱讀內功，二人算是心服口服了。

祕籍點撥

　　讀和寫，是作文的「內功」與「外功」，這兩者缺一不可。杜甫說過：「讀書破萬卷，下筆如有神。」如果沒有充分的閱讀積累，靠甚麼施展出厲害的寫作招式呢？所以各位少俠當然要先讀書，練好內功，多積累些內力，再循序漸進，修煉外功 —— 寫作。

　　1. 讀書有三到：心到、眼到、口到。

　　2. 擇優而讀，閱讀時儘量做到涉獵廣泛。

　　3. 堅持百字，筆耕不輟。每天堅持百字作文，寫日常生活、學習心得、讀後感……熟能生巧。

用武之地

　　少俠，你現在就處在作文派的「多讀軒」裏，讓我們靜下心來，好好修煉內功。來，氣沉丹田，心無旁騖，認認真真地讀一本書，寫一篇讀後感吧！

第三回

解救開門見山鎮

謹防作文開頭過於簡單直白

小鎮開門就見山，直白明瞭又簡單。
倒敘情境設懸念，開頭方法有百般。

「許多年之後，面對行刑隊，奧雷良諾·布恩地亞上校將會回想起，他父親帶他去見識冰塊的那個遙遠的下午。」

這是馬奎斯小説《百年孤寂》的開篇名句，短短43個字，卻包含了過去、現在、未來三種時空概念，開創了一種全新的敘述方式：站在未來的角度回憶過去。將三種時空概念融合得如此精練、自然，可見馬奎斯的寫作功底之深，也讓《百年孤寂》的開篇成為公認的經典。我們寫作文的時候，也可以嘗試着從不同的時空開始敘述，打破每次都是「開門見山」的困局。

自從明白了內功的重要性後，二人刻苦攻讀，獲得了兩位師父的讚許。

這日，他們和小師妹獲准休息三日，一同下山遊玩。

我不去。

我還有很多的書沒讀，還有很多功沒練呢。

一起去嘛！

正所謂：「讀萬卷書，行萬里路。」去作文江湖上闖蕩一番，你們的閱歷也會增長不少的。

對。

而且師妹那麼厲害，遇到危險可以保護我們呀！

......

於是，油菜花跟着兩位師兄下山闖蕩作文江湖去了。

一路上三人有說有笑，飽覽作文江湖的各色奇景。

一天，三人走到一個小鎮。

名字好怪呀！

開門見山鎮

為何每家門口都有一座山呢？我們去問問吧！

老伯您好，我們是作文派的弟子，途經此地，請問這裏為何每戶人家門前都有座山呢？

小兄弟你有所不知啊⋯⋯

還不是因為現實生活中小朋友們寫的作文嘛，有許多人在作文開頭都喜歡用「開門見山式」，一兩次倒還好，次次都用，久而久之，我們鎮裏就成這樣了。

比如我家門口的這一座，就是來自某位小朋友的作文開頭：「我的理想是當一名科學家。」

這一座是來自另一位小朋友的作文：「這世界上最愛我的人，就是我的媽媽……」

還有那一座、那一座……總而言之，全都是這樣的開頭，唉……

可是這樣不也挺好的嗎？開頭就直奔主題，簡單明瞭。

對他們來說是簡單了，可對我們來說卻是大麻煩，每次出門都要翻山越嶺，無形之中多走了很多冤枉路。

您放心，這件事就交給我們吧！

輕鬆學作文

大家紛紛施展功力，開始移山。

三人費盡九牛二虎之力，總算將一座座小山推到了鎮外。

其實，作文的開頭可以各式各樣：可以從結局倒着寫，從中間的部分寫起，或從任何一個細節寫起。

最後一座了，可樂加油！

手下留山……

啊？

這座小山後面是座空屋，索性就留下來，作為我們小鎮的地標吧！

解決了鎮民們的困難之後，三位小夥伴又踏上了旅途……

開門見山鎮

祕籍點撥

使用「開門見山法」來寫開頭，其實並沒有錯。但不同文章的開頭應該也是各式各樣的。

1. 從結局倒着寫，倒敘方式的開頭引起讀者好奇

對《獵人海力布》進行故事縮寫，可以這樣開頭：「最後獵人海力布被變成了石頭，人們世世代代紀念他。」

2. 從中間最精彩的部分寫起，一下子就吸引讀者

也可以抓住洪水來臨的危急，這樣開頭：「天崩地裂般的巨響，洪水咆哮着席捲而來，幸虧人們得到海力布的指引，早早就開始了轉移。」

3. 以問題開頭，吸引讀者注意力，激發讀者想像

還可以以問句開頭，直接引發讀者思考：「你敢相信這塊石頭是獵人海力布變成的嗎？」

用武之地

少俠，開門見山鎮裏還有幾座山沒有移走，請你用剛剛學會的「開天移山掌」來幫這幾位鎮民吧！請根據他們的要求為「記一場運動會」寫一個開頭吧！

村民甲：我想要從結局倒着寫的開頭。

_____

_____

_____

村民乙：我想要從中間好看部分寫起的開頭。

_____

_____

_____

村民丙：我想要從一個問題寫起的開頭。

_____

_____

_____

村民丁：我想要一段排比式的句子組成的開頭。

_____

_____

_____

第四回

逃離首尾呼應村

首尾呼應不等於二者雷同

首尾呼應好現象，開頭結尾莫一樣。
稍有區別分開來，二者不宜寫太像。

「這手稿上所寫的事情過去不曾、將來也永遠不
會重複，因為命中注定要一百年處於孤寂的世家，決
不會有出現在世上的第二次機會。」

這是小說《百年孤寂》的結尾，這段話既與開頭
關聯，又引人回味。一個好的開篇可以將讀者深深吸
引，一個深刻的結尾可以令讀者陷入深思，
為作品而驚歎。所以，首尾呼應不等於二者
雷同，它們完全可以在「美美與共」的基礎
上「各美其美」。

離開了開門見山鎮，三位小夥伴又來到了一個風光秀麗的小山村。

村口居然有這麼大一棵樹，好壯觀呀。

三人沿着大路一直往前走，準備直接穿過這山村。

你們快看前面那棵樹！

這樹怎麼和剛進村的那棵樹一模一樣？咱們會不會是迷路了？

這是怎麼回事？

我們進村以後沒有轉彎，從村頭走到村尾，應該沒有走錯路的！

還是趕快找人問一下吧！

看來三位少俠是外地來的啊，這樹是我們「首尾呼應村」的特色呀。

來休息一下，喝杯茶吧！

......

我們這村名顧名思義，村頭即村尾，村尾即村頭，村頭村尾相連，彷彿一個大怪圈。初次進村的人往往會被這環形怪圈困住，徹底迷路，找不着出村的路……

首尾呼應？這不是大熊老師曾經教我們的一種寫作方法嗎？按道理，首尾呼應是件好事啊。

怎麼在作文江湖裏，反倒成了一個讓人出不去的怪圈了？

這是為何呢？

首→尾

只能怪有些小朋友寫作文太過注重首尾呼應，以致於變成「首尾雷同」了。比如有一位小朋友寫的作文開頭是：「我最敬佩的人就是我的哥哥。」而在結尾，他又寫道：「我的哥哥就是我最敬佩的人。」

如此一來，這篇文章的開頭和結尾驚人地相似，如果不看其他部分，根本分不清這兩句話哪一句是開頭，哪一句是結尾。從「呼應」變成為「雷同」，自然就會產生這個問題啦！

看來，這「首尾呼應」，也得有所區別，不能毫無變化，否則就陷入了分不清頭尾的困局。

既然是「呼應」，那就該村頭一呼，村尾一應，不完全相同，相互照應即可。

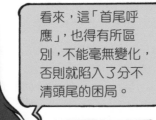

兩位少俠真是好悟性，沒錯，想要走出我們這座「首尾呼應村」，就是要改變簡單的重複方式，學會真正的「呼應」之法，方能離開。

明白了！

我去村頭，師妹在村尾等一下。

好！

過了一會兒……

我的家庭成員和朋友有很多，可若讓我從中挑選出一位最敬佩的人，那一定是我的哥哥。

你瞧，這就是我既幽默又認真、既博學又勇敢的哥哥，我最敬佩他。

村尾的樹變成井了！

成功啦！

就這樣，三人成功破解了讓人迷路的怪圈，告別了村民，向下一個未知的地方前進。

祕籍點撥

首尾呼應是一種作文結構上的寫作方法。使用首尾呼應這種寫作方法時，注意開頭和結尾要有區別，不能雷同。

1. 有問有答式首尾呼應，開頭提出疑問，結尾給出答案，有始有終。

寫「幸福在我心」這個主題，可以這樣開頭：「幸福的定義有千萬，而你心中的幸福是甚麼呢？」結尾就這樣寫：「我心中的幸福很簡單，就是有爸媽溫暖的陪伴。」

2. 陳述式首尾呼應，緊扣文章中心

《孔子遊春》一文的開頭直接點明孔子遊春：「春天到了，孔子聽說泗水正漲春潮，便帶着弟子們到泗水河邊遊玩。」結尾則回扣「春意正濃」進行收尾：「泗水河畔的春意更濃了。」

用武之地

少俠，請在你下一次修煉「作文神功」時，試着用上這招「首尾呼應」吧，也許會有意想不到的神奇效果喲！但可千萬別寫得雷同了。

第五回

智取虎頭蛇尾怪

作文的結構不能頭重腳輕

山上虎頭蛇尾怪，頭重腳輕影響壞。
削減大頭補足尾，結構合理真厲害。

　　結構之於文章，如同骨架之於人。一個人長得是否端正，骨架往往是最基礎的一環，骨架畸形，臉長得再漂亮，也難掩病態。寫文章也一樣，若是結構沒有建構好，即使內容旁徵博引、字字珠璣，也難以擺脫頭重腳輕的風險。如同為樓房打地基，在寫作之前，應該對文章的整體結構進行提前規劃。

是日,三人又來到了一座名為「三分城」的地方。

今天我們就在此休息一天吧。

為甚麼這地方叫「三分城」呢?好奇怪的名字。

是甚麼聲響?快出去看一下。

客官別出去啊，山上的「虎頭蛇尾怪」來啦，外面很危險！

「虎頭蛇尾怪」？

？

這「虎頭蛇尾怪」顧名思義，就是長着老虎的頭、蛇的尾巴的一種怪物，許多小朋友寫作文時常常虎頭蛇尾，導致作文江湖裏生出了這種怪物。

啊！我想起來了，之前寫作文《我的爸爸》，寫着寫着，我發現已經達到要求的 500 字了，儘管才講了一半，我還是草草收尾，結果老師就給了我的作文一個「虎頭蛇尾」的評語。

好啊，原來你就是罪魁禍首啊。

此事我們絕不能袖手旁觀，出去看一下。

嗯！

必須解決此怪！

它在那裏！

三人各施拳腳，與怪物打得難解難分，久攻不下。

吼！

咔！

師妹，這怪物太難打，我們用師父傳授的「天之道」吧！

是那個「天之道，損有餘而補不足」嗎？

沒錯，損有餘，就是對那過大過長的虎頭進行削減；補不足，便是對那太細太小的蛇尾進行補充。

於是，至尊飽負責吸引怪物的注意力，小可樂用拳法削減怪物頭部。

小師妹則用氣功補足怪物的尾巴。

成功了！

咦！這怪物身上居然有文字……

開頭，關於爸爸的外貌描寫不再事無鉅細、面面俱到，而是突出了爸爸臉上那兩道又濃又粗的眉毛，很有特點，接着，具體而完整地講述兩件「我」和爸爸之間的有趣的故事。

最後，「每當我在學習上遇到困難，在生活上遇到挫折時，我眼前就會浮現爸爸的笑，他那頂着兩條粗大濃眉的笑眼彷彿在告訴我：你要有信心去面對一切。這就是我的爸爸，我心目中的好爸爸。」既刻畫了爸爸的形象，又升華了主題。

它跑掉了。

三人回到客棧，店小二對他們讚歎不已。

看來寫作文可真不能虎頭蛇尾、頭重腳輕，否則不但嚇到別人，也會嚇壞你自己。

祕籍點撥

寫作文時，開頭過於詳細，中間無力，結尾草率，就會造成「頭重腳輕」的情況。開頭應當像「龍頭」一樣小巧精美，有以下幾種方式：

1. 簡潔明瞭，總領全文

朱自清在寫《春》時只以一句話引入「盼望着，盼望着，東風來了，春天的腳步近了。」

2. 欲揚先抑，吸引讀者

《母雞》一文以「一向討厭母雞。」作為開頭第一句，引起讀者注意。

3. 圍繞主題，點明中心

朱自清在寫散文《綠》的時候，開頭便點明全文中心——「我第二次到仙岩的時候，我驚詫於梅雨潭的綠。」

用武之地

啊！少俠，快救命啊！又有一頭「虎頭蛇尾怪」從山上跑下來了！今天，小可樂他們不在，少俠您能否路見不平，拔刀相助？

閱讀以下虎頭蛇尾的語段，並將其改得合理——

昨天，爸爸媽媽答應我，今天帶我去遊樂場玩，我非常高興，無比期待。今天早上，我早早地起了牀，先刷牙洗臉，然後再上了個廁所，緊接着就換上我最喜歡的衣服，來到飯廳吃早餐。我問爸爸我們怎麼去遊樂場。爸爸說我們開車去。然後，我就坐上了爸爸開的車，媽媽和我都坐在後座。這一路上，陽光明媚，萬里無雲，我們很快地就來到了遊樂場，真是太高興了。這一天，我在遊樂場裏玩得可開心了。傍晚，我們就一起坐爸爸開的車回家了。

第六回

再克狗尾續貂獸

杜絕「老太太的裹腳布」

狗尾續貂臭又長，無病呻吟湊幾行。
一把剪刀巧剪斷，結構合理好清爽。

貂是一種珍貴的動物，古代常用貂尾來裝飾重要大臣的帽子。趙王司馬倫是晉宣帝司馬懿的第九個兒子，晉惠帝登基以後，司馬倫便與大臣孫秀合謀篡位，自己當了皇帝。接着司馬倫便濫施賞賜，對曾為他篡權出力的人加官封爵，一時間出現了「每朝會，貂蟬盈坐」的局面。後來封的大官實在是太多了，貂尾不夠用，只得用狗尾巴來代替。這是「狗尾續貂」的典故，出自《晉書·趙王倫傳》，比喻用次品續在珍品之後，多用於形容續寫的文學作品不如原來的好。寫作文的時候，要警惕這樣的情況出現，不要為了追求字數以次充好，在事情接近尾聲的時候，留下敗筆。

第二天，小可樂等人準備返回作文派。

就是他們！

三位小英雄，請一定要出手相救啊！

客棧

鄉親們快請起。

我們作文派的弟子，以維護作文江湖的和平為己任，有甚麼困難儘管說。

實不相瞞，在我們「三分城」裏一共有三害，一害就是已被少俠剷除的「虎頭蛇尾怪」，今天鄉親們想請三位少俠再次出手，降伏那第二害，就是那北林的「狗尾續貂獸」！

沒問題，包在我們身上。

煩請少俠們出手相助。

《孫子兵法》有云:「知己知彼,百戰百勝。」你們最好先告訴我們,這「狗尾續貂獸」到底是個怎樣的怪物?

對對……

這「狗尾續貂獸」說起來,跟「虎頭蛇尾怪」正好相反,它是源自那些「又臭又長」的作文。

就是一隻長着七尺長尾巴,渾身散發着臭氣的野貂,叫聲也很古怪,聽起來像是一個人在無病呻吟。

據說幻化出此妖的作文是《我可愛的弟弟》:「弟弟玩玩具時,經常不理我。」

「有一次,我就逗他道:『看這裏,看這裏。』可他卻不理我,於是我又接着說:『快看這裏……』」

「他還是不理我,我就繼續叫道:『看這裏,看這裏,快點看這裏……』」

這誰寫的作文啊!聽不下去了,耳朵都要長繭了。

放心,我們一定降服此妖!

加油!

038

北林

臭味越來越大了，估計就在附近。

要對付這個怪物，我們要用「減字訣」，至尊飽去吸引它的注意。

好的！

我踩！

師兄師妹，出招呀！

來啦！

咦？這煙裏有作文？

「弟弟在搖籃裏玩玩具時，經常不理我，但我偏偏愛逗他。儘管我想盡各種辦法，做出多種古怪的姿勢，他卻依舊不為所動，仍然專心致志地玩着手中心愛的玩具，簡直是旁若無人。你們說，我的弟弟是不是很可愛？」

這樣的結尾才對呀！

這小貂沒有了又臭又長的尾巴和無病呻吟的叫聲，變得好可愛呀！

祕籍點撥

「狗尾續貂」和「虎頭蛇尾」正好相反，指的是那些又臭又長的作文。我們一定要杜絕這種寫作方式，可不能讓自己的作文像「老太太的裹腳布」！

1. 開頭結尾要簡明，言簡意賅明中心

葉聖陶先生描寫荷花，首尾精簡：「清早，我到公園去玩，一進門就聞到一陣清香。我趕緊往荷花池邊跑去。」「過了好一會兒，我才記起我不是荷花，我是在看荷花呢。」

2. 主體內容要精選，語言精練更精彩

在描寫荷花時，抓住它的各種形態：「有的才展開兩三片花瓣兒。有的花瓣兒全都展開了，露出嫩黃色的小蓮蓬。有的還是花骨朵兒，看起來飽脹得馬上要破裂似的。」

用武之地

英勇的少俠啊，打敗「虎頭蛇尾怪」你已不在話下了，相信對付這「狗尾續貂獸」，你也一定是十拿九穩的，趕緊出手吧。

下面是一篇作文的結尾，請少俠將其中累贅的「尾巴」找出來並且「剪斷」，再修改抄正在下方的橫線上。

　　……這一次考試失敗的事情讓我明白：謙虛使人進步，驕傲使人落後。從今往後，我都要做一個謙虛的人，不能做一個驕傲的人。如果不做一個謙虛的人，就還會再犯一次與這一次相同的錯誤，只有不做一個驕傲的人，才能避免再犯一次與這一次相同的錯誤。我們時刻都要記住一句話：勝不驕，敗不餒。做人千萬要謙虛，不能驕傲。啊，這可真是一次慘痛的教訓啊！像這樣的事情，我不想再經歷一次了。

_____

_____

_____

_____

_____

_____

_____

第七回

三分城裏得神器

「龍頭劍」「豬肚甲」「鳳尾刀」
善用三法寶

一篇作文可三分，開頭結尾與正文。
豬肚充實內容穩，龍頭鳳尾吸引人。

　　「喬吉博學多能，以樂
府稱，嘗云：『作樂府亦有法，曰鳳
頭、豬肚、豹尾六字是也。』大致起要美麗，中
要浩蕩，結要響亮。尤貴在首尾貫穿，意思清新。苟
能若是，斯可以言樂府矣。」這便是元代的陶宗儀在
《南村輟耕錄》提到的「六字法」，這是一種對詩文創
作的開頭、主體以及結尾的比喻說法，被後世的諸多
文論家用來評論文章寫作。

　　「龍頭劍」「豬肚甲」「鳳尾刀」三法寶就是取自「六
字法」。文章的起頭要奇句奪目，引人入勝，如同龍
頭一樣俊美精彩；文章的主體要言之有物，緊湊而有
氣勢，如同豬肚一樣充實豐滿；文章的結尾要轉出別
意，宕開警策，如同鳳尾一樣雄勁瀟灑。

回到城中，眾人紛紛向三位小英雄致敬，表達謝意。

城主也大喜過望，特地設宴款待小可樂一行人。

席間，城主忽然放下筷子，面露難色。

唉。

城主為何事憂心，不妨和我們一說。

三位少俠為百姓除了兩害，功德無量，可還有最後一害，其實就在我家中啊。

甚麼怪物這麼大膽，敢跑去城主家中？

其實這最後一害，是三位犬子。

犬子？

就是城主的兒子啦。

各位，你們可知此地為何要叫「三分城」嗎？

為何呢？

此地得名原因正是作文裏的「三分法」——開頭、正文、結尾。

三分法？

沒錯，我那三個兒子，一個喜歡開頭，一個重視正文，一個則偏好結尾，互不相讓，為此鬥得不可開交，由此成為一害。

明白了，城主是希望他們重歸於好，團結友愛。

這有何難，城主，交給我們吧！

嗝。

太沒禮貌！

丟人！

飯後，三人來到城主家後院，只聽一陣打鬥聲響。

叮噹 乓晄

萬事開頭難，開頭才是重中之重！三弟，看我的「龍頭劍」！

篇末點題，畫龍點睛，好的結尾才是作文的精髓！

大哥，三弟，你們都認輸吧！只有我的「豬肚甲」才是這作文江湖裏最厲害的寶物！

我們用各個分離的戰術將他們各個擊破。

唰

好主意。

好了沒有？我頂不住了……

小破劍不堪一擊！

甚麼人，看劍！

來追我呀！

看你胖得都成個球啦，哈哈！

果然，三兄弟分開之後，被小可樂他們各個擊破。

文章的開頭、中間和結尾，都應精練概括又不失優美。

既不能虎頭蛇尾，也不可狗尾續貂。而內容充實、具體、準確的正文，也是一篇好作文所不可或缺的。

受教了。

三兄弟終於恍然大悟，將三樣神器贈予三位少年英雄作為報答，並親自送他們出城。

多謝城主，後會有期。

這胖胖的「豬肚甲」真挺合適啊。

祕籍點撥

　　絕大部分的作文，基本上都可以分為三個部分——開頭、正文、結尾。一篇文章能夠擁有「龍頭」「豬肚」「鳳尾」，內容又緊扣中心，必定是一篇優秀的文章。比如鄭振鐸寫的《燕子》一文：

　　1.「龍頭」精巧吸引人

　　「一身烏黑的羽毛，一對輕快有力的翅膀，加上剪刀似的尾巴，湊成了那樣可愛的活潑的小燕子。」

　　2. 主體充實印象深

　　主體部分描寫了燕子在春光中自由自在：「小燕子帶了它的剪刀似的尾巴，在陽光滿地時，斜飛於曠亮無比的天空，嘰的一聲，已由這裏的稻田上，飛到那邊的高柳下了。另有幾隻卻在波光粼粼的湖面上橫掠着，小燕子的翼尖或剪尾，偶爾沾了一下水面，那小圓暈便一圈一圈地蕩漾開去。」

　　3. 結尾精美韻味存

　　文章以「多麼有趣的一幅圖畫呀！」收尾，更加美化了燕子的形象。

用武之地

　　這位少俠，聽說你最近獲得了小可樂的「龍頭劍」和油菜花的「鳳尾刀」，練成了「刀劍合璧，天下無雙」的神功。江湖上有許多人不信，紛紛前來挑戰，你快拿起法寶來應戰吧！

　　第一位挑戰者來挑戰開頭，快用「龍頭劍」來秀出你的實力吧！試寫一段「有趣的一堂課」的作文開頭。

_____

_____

_____

_____

　　第二位挑戰者想挑戰結尾，快拔出「鳳尾刀」來應戰吧！試寫一段精彩的作文結尾。

_____

_____

_____

_____

第八回

陰陽構思運功法

回家列提綱，現場打腹稿

寫作構思三分鐘，先運功來再發功。
現場作文打腹稿，學列提綱在家中。

「凡事預則立，不預則廢。」這句話出自《禮記‧中庸》，意思是做任何事情，事前有準備就可以成功，沒有準備就會失敗。說話先有準備，就不會理屈詞窮站不住腳；行事先有計劃，就能避免許多錯誤；寫作先有構思，下筆時才能如有神助，做到結構合理、思路流暢。俗話說得好，「磨刀不誤砍柴工」，一定要養成寫作之前先列提綱、打腹稿的習慣，千萬不要害怕耽誤時間。

一行三人風塵僕僕地回到了作文派。

聽聞三人行俠仗義，還收穫了神器法寶，師父決定召開一次「總結大會」。

好，那就由小可樂先發言吧！

師父，這次下山，我們解救了「開門見山鎮」，逃出了「首尾呼應村」。

還幫「三分城」城主除去了「虎頭蛇尾怪」和「狗尾續貂獸」，勸解了他總是爭鬥的三個兒子。

我們對作文的篇章結構有了初步的認識。

哦？那是怎麼個認識的過程？

以前我寫作文，總是拿到題目不假思索就動筆。

不是憑三分熱度寫夠字數就草草收筆，就是一開始單刀直入，過於簡單，內容空洞，蒼白無力。

這都是因為在構思階段，沒有給整篇文章進行一個全面的設計。

沒錯，說到點子上了！

寫作文，可不能一條直線、一根筋地去寫，必須要先學會「運功」，才能「發功」。

若是跳過「運功」的步驟，直接「發功」的話，不是威力不夠，就是真氣四溢、毫無章法，功力自然要大打折扣。

......

嗯......

師父，我明白了，您說的「運功」就是對文章進行全面而系統地構思，「發功」便是下筆寫作。

理解作文題意之後，先構思這篇文章的結構，相當於把真氣在體內運轉一個小周天，寫作才能發揮出十成功力。

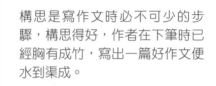

構思是寫作文時必不可少的步驟，構思得好，作者在下筆時已經胸有成竹，寫出一篇好作文便水到渠成。

果然有才華，就是這個道理！

我也知道構思很重要，可是我不會啊。

今天，為師就傳授你們兩套運功之法，一套是「陰」，一套是「陽」。

兩套配合使用，你們一定能學會「構思運功法」。

053

我教你們的「構思運功法」是陽版，叫「列提綱」，適合在寫家庭作文時使用。

陽

這樣就能保證作文的結構合理有序，也不容易產生頭重腳輕、雜亂無章的感覺。

你可以用紙和筆把你這篇作文的結構綱要按照寫作的順序一一羅列出來，在寫的時候當作參考。

我教你們的「構思運功法」是陰版，適合在寫現場作文時施展。比如在寫課堂作文和考試作文時，你也許來不及在紙上列提綱……

陰

這個時候，你可以在腦海裏打腹稿，也能保證文章結構的完整與合理。當然，前提是要多多練習陽版，養成習慣才行。

三人茅塞頓開，彷彿進入了一個全新的境界，把陰陽兩版功夫練習得爐火純青。

兩位師父喜在心頭，有作文結構的內功基礎打底，接下來就可以傳授他們那些各具特色的「修辭武學」了。

祕籍點撥

當我們拿到作文題目時，要先構思，理清思路，並選擇合適的事例，再動筆去寫。千萬不要急着草草下筆。提高作文構思能力的方法有兩種：

1. 列提綱：把作文的結構綱要按照寫作的順序一一羅列出來，再依照提綱去寫。比如：寫《春天的色彩》這篇習作時，我們可以從「讚美春天的顏色」「春天有甚麼顏色」「哪些地方或植物，最能體現春天的顏色」「我對這些顏色的喜好」這些角度列出一個提綱，甚至可以畫一個思維草圖。

2. 打腹稿：適合現場作文時使用。當你來不及寫提綱時，可以在腦海裏打腹稿，這樣就能保證文章結構的完整與合理。

關於打腹稿，這裏教你一個小妙招，記住「扣帽子＋舉例子」這樣的公式。比如：「春天是粉色的」就是給春天扣上一個「帽子」；「粉色的桃花、櫻花在枝頭嬌豔豔地綻放着。一簇一簇，一片一片，形成了粉色的花海。」這就是舉例子。

| 用武之地 |

　　少俠，聽聞您最近練成了「陰陽構思運功法」，不管是白天還是黑夜，都可以不斷地運功吐納，真是厲害！在場的各位江湖兒女都想見識見識這套功夫，還望少俠能給我們露一手！

　　請試寫一篇作文的提綱，選擇題材，安排材料，理清順序，謀篇佈局，展現一下你強大的構思能力吧！

_____

_____

_____

_____

修辭篇

苦練排比連環掌

給你的排比句不斷增強功力

學好排比連環掌，三層功力要加滿。
形容詞別忘加上，再加描述氣勢強。

　　「陣為勢之形，勢為陣之神，陣乘勢而動，勢仗陣而行。」排比這項修辭手法最大的特點就是「有陣勢」。陣，指的是排比句的樣式，三句或三句以上意義相近、結構相同的詞組或句子並排，形成「陣」。排比項排疊而出，語氣連貫，節律強勁，以此「增文勢」「廣文義」。所以，當你覺得文章的表達需要一定的陣勢時，一定要試着使用排比的修辭手法。

作文派廚房

阿飽師弟！

快出來，師父準備教咱們新的武功招式了！

唔？太好了，等我吃完這一口……

快點，開始上課了。

今天為師就教你們《修辭篇》的第一套武學「排山倒海無與倫比連環掌」。

這名字怎麼那麼長啊……

哈哈，若嫌名字長也可以簡稱「排比連環掌」。

排山倒海……無與倫比……這掌法聽起來好有氣勢！

那是自然，在寫作文的時候，排比這種修辭手法的好處就是增強氣勢。

小花說得對，排比這種修辭手法，能夠通過相同句式的反覆出現來增強氣勢。

這套掌法是數掌連環打出，一掌強過一掌，一掌快過一掌，威力不斷疊加。

這樣自然就有了排山倒海、無與倫比的氣勢。

好霸氣！好威武！師父快教我們吧！

東寫、西讀兩位師父便將掌法傳給了弟子，讓他們勤加練習。

三天後

師弟！

快來，師父要檢查我們的練習成果啦！

這也太快了，我今天都還沒開始練呢……我再吃一口。

那就讓至尊飽先展示一下練習成果吧。

糟了，這兩天沒好好練習，只能隨便發揮一下了。

排比連環掌，嗨！

呼呼呼……

操場上，小朋友們都在進行着課間活動，有的在踢足球，有的在跑步，有的在打籃球，還有的……

行了，行了，這個「排比連環掌」太勉強，只能算初級，你還要再加油。

小可樂練一下。

排比連環掌！

操場上，小朋友們都在進行着課間活動，有的在你追我趕地跑步，有的在成羣結隊地踢足球，有的在揮汗如雨地打籃球，還有的……

唰　唰

嗯嗯，不錯，你的「排比連環掌」加入了狀語，氣勢得到了增強，算是中級掌法。

下面讓油菜花最後來打一套吧。

操場上，小朋友們都在進行着課間活動，有的在你追我趕地玩遊戲，發出陣陣歡聲笑語；

有的在成羣結隊地踢足球，旁邊還有「觀眾」不時地為他們叫好。

有的則在揮汗如雨地打籃球，那飛揚着的，不只是汗水，還有專屬於孩子們的青春活力；還有的……

哇……
真是排山倒海！

無與倫比！

好！前有狀語，後又加上了細節描寫，這樣的「排比連環掌」才是最高級的！

師父讓小可樂他們好好向師妹學習，不准偷懶。

這掌法練會了再教下一招哦！

祕籍點撥

排比是我們在寫作文的時候常用的修辭手法之一，可以增強句子的氣勢。寫好排比有兩個小技巧：

1. 排比＋形容詞

在排比句式中加上形容詞，有很好的效果。

例如《月是故鄉明》中，季羨林先生這樣寫：「在風光旖旎的瑞士萊芒湖上，在無邊無垠的非洲大沙漠中，在碧波萬頃的大海中，在巍峨雄奇的高山上，我都看到過月亮。」

本來只是平常的地點敘述，加上了「風光旖旎」「無邊無垠」「碧波萬頃」「巍峨雄奇」這些形容詞，畫面感立現。

2. 排比＋詳細描述或修辭

例如《桂林山水》中寫道：「灕江的水真靜啊，靜得讓你感覺不到它在流動；灕江的水真清啊，清得可以看見江底的沙石；灕江的水真綠啊，綠得彷彿那是一塊無瑕的翡翠。」

作者通過三個排比句，將灕江的水生動地展現在讀者面前。

用武之地

少俠，恭喜你練成了「排比連環掌」，現在，就讓我們一起來實戰一下吧。

第二節課是自習課，同學們都在自己的座位上，做的事情卻五花八門。有的……有的……有的……還有的……

初級「排比連環掌」（簡單地描述）：

_____

_____

中級「排比連環掌」（加上狀語）：

_____

_____

高級「排比連環掌」（加上詳細描述或修辭）：

_____

_____

第十回

領會比喻形意拳

形要符，意要合

要學比喻形意拳，形符意合要兩全。
比喻恰當威力顯，野狗勿當運動員。

「取譬（比）不遠，昊天不忒。」出自《詩經·大雅·抑》，是關於比喻最早的記載。春秋戰國，諸子百家開始對比喻進行研究。梁代，劉勰在《文心雕龍》中對比喻進行了全面、精闢的論述。到了明、清，出現了明代徐元太的《喻林》、清代呂佩芬的《經言明喻編》等編匯比喻現象的專著，使對比喻的研究得到進一步的發展。於是，這種藉助一種事物認識另外一種事物的認知方式，越來越受到了大家的喜愛。根據兩種事物的相似點，把某一事物比作另一事物，可以讓抽象的事物變得具體，把深奧的道理變得淺顯。

這套功夫源自東漢末年神醫華佗發明的「五禽戲」。

因模仿五種飛禽走獸的形態和動作而得名。

這套「五禽戲」可強身健體，也是中華象形武術的鼻祖。

聽上去好厲害，我要學這「五禽戲」！

我們今天要學的可比五禽戲更厲害。

是五禽戲經過一千多年演變和發展後形成的新武學，模仿和比擬的東西早已不局限於動物，可以是世間的任何事物，成千上萬！

師父，師父！這套神奇的武功是？

比喻形意拳

好像不怎麼樣啊。

其重點就在於「形意」二字。

這套拳法其實源自修辭手法中的比喻。

「形」是形式，比喻有一個特定的形式：本體＋喻詞＋喻體。

不可或缺的是喻體，三者皆在叫明喻，隱去喻詞叫暗喻，隱去本體叫借喻……

呼……

而「意」指的就是意思了，光有形，沒有意，這套形意拳也無法發揮出威力。

形式對了你只能保證自己寫的是比喻句，但不一定符合實際。

口拍！

中文老師經常告訴你們比喻要貼切、要恰當，說的就是這個道理。

我明白了，這套拳法要做到形意兼備才能模仿萬物，否則非但不能達到效果，還會適得其反。

不錯，油菜花領悟得很快。

小可樂，至尊飽，你們倆來實戰試一試。

是。

我先打個比喻拳！

裁判的發令槍一響，運動員們像離弦的箭衝出了起跑線。

口拍！

哼！看我比你更厲害！

裁判的發令槍一響，運動員們像一隻隻脫韁的野狗一樣，衝出了起跑線！

嗨！

怎麼拐回來了？

我比喻錯了！

只得其形，不得其意，最後自食其果了，哈哈哈！

祕籍點撥

比喻由三部分組成：本體、喻詞、喻體。本體就是描寫的事物，喻詞就是比喻詞，喻體就是要比作的對象。例如，「太陽像個大火球」。「太陽」是本體，「像」為喻詞，「火球」是喻體。三部分不一定同時出現，所以比喻分為明喻、暗喻和借喻三類。

明喻即三者皆在。例如，「那巨石真像一位仙人站在高高的山峯上，伸着手臂指向前方」。這句話既有本體「巨石」，也有喻詞「真像」，還有喻體「仙人」。

暗喻即隱去喻詞。例如，「柿子熟了，大紅燈籠高掛樹上」。這句話省略了喻詞。

借喻即隱去本體。例如，「碧玉妝成一樹高，萬條垂下綠絲縧」。這句詩省略了本體「柳條」。

用武之地

少俠，你的「比喻形意拳」修煉得怎麼樣了？聽說有一位作文派的弟子老是寫不好比喻句，你能給他示範一遍嗎？下面的這個語段是他寫的作文片段，請你用上比喻，把這段話改寫得更加生動形象吧！

　　這幅畫畫得可美了。首先，是一片藍色的夜空（像甚麼？），空中掛滿了星星（像甚麼？）。在星空的一角，還有一個彎彎的月亮（像甚麼？）。星空下，有一汪湖水，水上漂着一條小船（像甚麼？）。湖水的旁邊，有一片樹林，一根根樹木筆直筆直的（像甚麼？）。

_____

_____

_____

_____

_____

_____

_____

第十一回

慎用誇張大力丸

誇張也是有限度的

慎用誇張大力丸，次數要控制得當。
偶爾服食威力強，超過限度文章亂。

　　說到誇張，讓人不得不想到詩仙李白。「飛流直下三千尺，疑是銀河落九天。」「不敢高聲語，恐驚天上人。」「白髮三千丈，緣愁似個長。」「燕山雪花大如席，片片吹落軒轅台。」……

　　誇張在李白的各類詩歌題材中是非常常見的。誇張之於他，是親切的，是美妙的，他總是能將奇特的想像與具體事物結合起來，誇張得那麼大膽，又如此自然，不露痕跡間就起到了突出形象、強化感情的作用。我們在寫作的過程中，也可以試着像李白一樣，大膽地發揮自己的想像，使用適當的誇張，讓自己的表達如虎添翼！

求知慾很強的小可樂非常想馬上學新功夫。

三人刻苦修煉排比連環掌與比喻形意拳，也算掌握了《修辭篇》的一半。

可是，當他向師父請教的時候……

師父，新的……

欲速則不達。

讀

貪多嚼不爛。

……

師父的回答讓小可樂摸不着頭腦，對於新功夫就更好奇了。

至尊飽每天都刻苦修煉，以致於半夜經常被餓醒……

於是阿飽決定去廚房找東西來吃。

咳！

咳！

這是怎麼回事啊師父？

他吃的是「誇張大力丸」，這是一種能短暫提高戰鬥力的藥物。如果使用適量，能夠讓你的作文如虎添翼。

但這種手法不能多用，誇張的程度也不宜過大，否則就會適得其反。

表現在服用者身上，就是走火入魔。

小可樂，油菜花，你們看一下這篇文章。

今天，爸爸媽媽說要帶我去黃山旅行，我高興得不得了，一蹦千尺高。

我們坐車來到了黃山，這裏的人很多，人聲鼎沸，把我的耳膜都給震破了。

買票的隊伍排成了一條長龍，幾乎要排到美國去了。

這裏還開着許多鮮花，香飄萬里，彷彿連月亮上的玉兔都能聞得到……

這也太誇張了吧！

沒錯，這就是「誇張大力丸」使用過度了。

比如，形容一個人高興時，可以說他「一蹦三尺高」，但「一蹦千尺高」就過頭了。而且這麼多誇張連用就過頭了。

明白了，那這篇文章可以改成：今天，爸爸媽媽說要帶我去黃山旅行，我高興得一蹦三尺高。我們坐車來到了黃山，這裏的人很多，人聲鼎沸，震耳欲聾。買票的隊伍排成了一條長龍，長得一眼望不到頭。這裏還開着許多鮮花，彷彿連黃山頂上的人們都能聞得到……

原來誇張這種修辭手法不是武功而是一種藥，好嚇人！

別說了，我們快去把阿飽找回來吧……

於是，師徒四人趕緊跑出了作文派，向至尊飽消失的地方趕去。

祕籍點撥

誇張，是一種常用的修辭手法。使用誇張，能夠起到強調的作用。但誇張只能作為點綴，不能多用，誇張的程度也不宜過大，否則就會適得其反。

誇張有三種：

1. 擴大。如：「教室裏靜得連根針掉在地上也聽得到。」這句話把教室裏的安靜誇大了。

2. 縮小。如：「井裏只能看到巴掌大的一塊天地。」這句話把井口的大小說小了。

3. 順序誇張。如：「她還沒有端酒杯，就醉了。」把後出現的說成先出現，或把先出現的說成後出現。

用武之地

聽說少俠最近也得了幾顆「誇張大力丸」？眼前有一塊千斤巨石擋住了去路，正需要少俠你一展神力呢！請少俠快服下一顆「誇張大力丸」試一試吧！

請試寫一段帶有誇張修辭手法的話來形容你身邊

的一個人，然後唸給對方聽。檢查一下自己有沒有過
度使用誇張這種修辭手法。

_____

_____

_____

_____

_____

_____

_____

第十二回

參悟萬物擬人功

萬物皆有靈，擬人用分明

參透萬物擬人功，擬人定義記心中。
通人言來行人事，它和比喻有不同。

　　擬人，就是把原本不具備人的行動、語言、思考、情感能力的物體，賦予和人一樣的能力，把它們當作人來寫。所以，如果能夠恰當地使用擬人的修辭手法，就可以把無生命的事物描寫得生動活潑，把有生命的事物表現得越發可愛。比如唐代大詩人杜甫就有「囊空恐羞澀，留得一錢看」的詩句。錢幣能看守錢袋，並有羞澀感，這是以物擬人。杜甫賦予了錢幣人的思想和感情，語言形象生動，幽默中還含着幾分戲謔，頓時拉近了與讀者的距離，很有意思。

四人尋着至尊飽的蹤跡來到了一處山谷口，裏面雲霧繚繞，看不清狀況。

至尊飽居然到了這裏？

擬人谷？

擅入者後果自負
此乃禁地擬人谷

不錯，這裏是傳說之地，難尋程度堪比桃花源，沒想到誤打誤撞來到了這裏。

這裏也是我們準備傳授你們下一套功夫之地，說危險也不危險。

哇！可以學新武功了，是甚麼招式啊？

進去看看不就知道了？

山谷風景引人入勝，小可樂與油菜花眼前彷彿出現了一篇優美的作文。

青青的小草偷偷地從土裏鑽出來，探出了它們嫩嫩的、綠綠的小腦袋。

樹木旁開滿了花朵，它們綻開了笑臉，彷彿在向我們打招呼，紅的、黃的、白的、紫的……

成羣結隊的蝴蝶和蜜蜂聞到了花的香味，都不約而同地飛來採蜜，在半空中辛勤地勞作、愉快地嬉戲。

林間還有無數小鳥自由自在地飛翔着，高興起來，便唱出一首清脆悅耳的曲子。

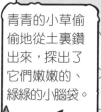

擬人谷的朋友們，你們好！

人類你們好！

你們好！

你們好！

這是怎麼回事？

哈哈，這擬人谷正是修煉「萬物擬人功」的絕佳場所，這裏的一草一木、一鳥一獸，吸天地之靈氣，集日月之精華，都有靈性。

這正暗合作文修辭手法中擬人的用法。擬人，正是讓非人類的生物或事物擁有人類的言行、思想。

萬物擬人功？

兩人在師父的指導下，發現了一個又一個擬人的場景，美不勝收，令人目不暇接。

時機已到。

「比喻形意拳」看的是喻體，是外功；「萬物擬人功」看的是動詞，是內功。

二者內外有別，要區分清楚，不可混淆，但兩者皆以生動形象為目的。

若能內外結合應用自如，則可天下無敵。

多謝師父，我明白了。

小可樂頓覺福至心靈，運起「萬物擬人功」，展開作文。

冬爺爺送走了大地的嚴寒，春姑娘踏着輕盈的腳步來到了人間。

春天的景色十分美麗，就像一幅栩栩如生的畫。春天的陽光格外明媚，彷彿春姑娘綻開了笑臉。

太陽紅彤彤的光芒照射過來，溫柔地撫摸着我，像年輕的母親的手。伴隨着春姑娘輕快的步伐，萬物漸漸復甦了。

哇！真的有春姑娘！

請問姑娘是否看到一個小胖子從這裏過去了？

是見過一個胖嘟嘟的男孩。

往山谷深處跑去了。

師徒聞言大喜，繼續向前追尋至尊飽的下落。

祕籍點撥

擬人，是讓筆下非人類的生物或事物擁有人類言行、思想和情感的一種修辭手法。適當並且準確地使用擬人修辭，能夠使你的文章更加生動形象。

1. 寫好擬人，可以變化動詞

比如，「花兒開放」中，「開放」是寫植物的動詞，我們用寫人的動詞來替換它，改為「花兒綻開了笑臉」，這句話就運用了擬人的修辭了。

2. 寫好擬人，可以添加神態

比如「大龍蝦划過來，划過去」這句話很單調，不夠生動。我們添加神態，寫成「大龍蝦得意揚揚地划過來，划過去，在那耀武揚威呢」。這下，就把大龍蝦當作是人，在「耀武揚威」了。

用武之地

少俠，練成了「萬物擬人功」之後，這世界上的萬事萬物，在你的眼中都有了生命，似乎都能活過來，做人才能做出的舉動。這不，今天在擬人谷裏，又有一羣

來自大自然的可愛的小夥伴！

　　瞧，它們分別是——

　　　　　小草　　鮮花　　大樹　　大海
　　　　　太陽　　白雲　　燕子　　小狗

　　請選擇以上事物中的三樣，寫一段包含擬人修辭手法的語段。

_____

_____

_____

_____

_____

_____

_____

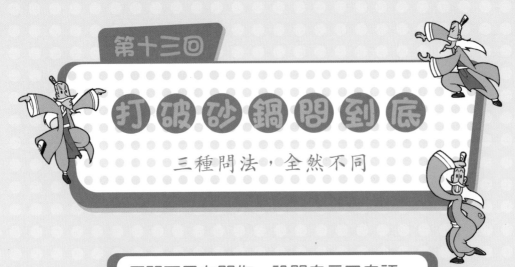

第十三回

打破砂鍋問到底

三種問法，全然不同

反問不是在問你，設問自言又自語。
疑問就是問問題，打破砂鍋問到底。

　　問，是一種語言表達的藝術，無論是疑問、反問還是設問，都有着令人眼前一亮的表達效果，使人產生無限遐想、浮想聯翩。問句的修辭使用，其實由來已久，在古詩詞中也很常見。「丞相祠堂何處尋？錦官城外柏森森。」這句詩出自唐代詩人杜甫在遊覽成都武侯祠時創作的詠史懷古詩《蜀相》，一問一答，開篇就形成濃重的感情氛圍，籠罩全篇。「人生自古誰無死？留取丹青照汗青。」這是宋代大詩人文天祥的名作《過伶仃洋》的最後一句，只提出問題，不做回答，但明確的答案卻在反問之中，起到四兩撥千斤的震撼作用。「晚來天欲雪，能飲一杯無？」出自白居易的小詩《問劉十九》，最簡單的疑問，卻暗含着最有韻味的深情。

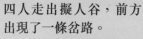

四人走出擬人谷，前方出現了一條岔路。

師父們決定與二人分頭行動，繼續尋找至尊飽。

這是哪兒呀？

少俠問得好。

歡迎來到砂鍋山，本人是砂鍋山三寨主——疑問大王，負責鎮守山腳。

只要問我三個問題，就可以闖過第一關，已經說了一句，還差兩句。

啊？就這麼簡單？

又一個疑問句，很好。我可以告訴你，就這麼簡單，還剩一句。

尊敬的疑問大王你好，請問你剛才是否看到一位胖胖的少年來過這兒？

很好，你說的那名少年就在山頂。恭喜過關，請！

二人上山不久又遇到了一位和疑問大王很像的人。

少年們，你們難道不問一問怎樣才能通過我反問大王這一關嗎？

別急着問，這人自稱「反問大王」，又鎮守山腰，一定是砂鍋山的二寨主了，看我來反問他！

說得對，我差點就上當了。

你難道不是反問大王嗎？

怎麼能誘導我們問疑問句呢？

你難道不該讓我們過關嗎？

好好！答得不錯，我怎能不讓你們過關呢？

小可樂和油菜花到了砂鍋山山頂，果然大寨主已經等候多時了。

小師妹，這一關怎麼說？

先不說，看他作何難題。

你們來這的目的是甚麼？嘿嘿，當然是為了尋找那個可愛的小胖子了。

明白了，這回合我們不說話。

你們為甚麼都不說話？一定是你們已經知道了設問大王的祕密了！

……

……

好吧，你們想知道那個小胖子在哪裏嗎？他就在寨子的後堂裏。

恭喜過關！

多謝寨主！

快去看看阿飽，
希望他沒事。

啊？

呃……看樣子應該沒少吃。

白擔心一場。

呼嚕

兩人帶着清醒了的至尊飽走出山寨。

啊？師父，
原來你們是
認識的？

哈哈……若非和
砂鍋山的三位寨
主合作，又怎麼
能讓你們徹底明
白疑問、反問、
設問的區別呢？

寨

祕籍點撥

　　問句一共有三種：疑問句、反問句、設問句。三種問句在作文中比較常見，但它們的概念和用法卻大不相同。

　　疑問句，就是真的在問問題，有不明白或有疑惑的地方，需要請教對方，故而發問。例如，「蝴蝶的家到底在哪兒？」作者是真的對這一點有疑惑，因此特意以問句形式提出來。

　　反問句，其實是一種肯定的陳述句，但用反問的語氣來起到強調的作用。例如，「它們是那樣柔弱，比一片樹葉還無力，怎麼禁得起這猛烈的風雨呢？」這裏以反問強調了蝴蝶的柔弱和無力。

　　設問句，是用來解釋說明某件事，不需要回答，因為設問句已經自問自答了。例如，「是誰來呼風喚雨呢？當然是人類。」這裏通過自問自答，解釋了人類呼風喚雨的強大。

　　三種問句的用法要分清，寫作文的時候，可不能用錯了。

| 用武之地 |

少俠，砂鍋山的三位寨主——疑問大王、反問大王、設問大王特地邀請你到他們的山寨做客，不過要想到達山頂，得先通過他們的考驗才行。

疑問大王出題：請寫出兩個疑問句。

_____

_____

_____

反問大王出題：請寫出兩個反問句。

_____

_____

_____

設問大王出題：請寫出兩個設問句。

_____

_____

_____

第十四回

掌握太極引用訣

引用可以「借力打力」

且看太極引用訣，借力打力真叫絕。
欲問可引哪些話，詩詞歌賦加名言。

「我之所以能成功，是因為我站在巨人的肩上。」這是偉大的科學家牛頓說的。很多人認為這句話不過是牛頓的自謙之辭，其實，牛頓之所以這樣說，是因為他的成就是在總結之前很多偉大科學家的傑出成果上形成的，沒有那些科學家所作的學術積累，他是不會成功的。

「他山之石，可以攻玉。」寫作文也是如此，要學會引用名言警句、詩詞典故，甚至是歌詞。它們都可以作為引用的材料。
這樣一來，就可以讓你的作品更加
豐滿，更有說服力了。

大清早小可樂就看到師父在練功。

大江東去浪淘盡，千古風流人物……

春花秋月何時了？往事知多少。

我自橫刀向天笑，去留肝膽兩崑崙。

有約不來過夜半，閒敲棋子落燈花。

清水出芙蓉，天然去雕飾。

師父，這是甚麼武功，怎麼看起來軟綿綿的，一點力度都沒有？

這是太極。

太極？就是那個舉世聞名的武當派太極拳嗎？

太極拳，的確源自武當派，而我們作文派將太極拳法引入，發明了一套全新的功夫。

太極引用訣

哇！

可樂師兄早。

師妹，快來看，師父教新功夫了！

這套武功的要訣和太極拳一樣，在於四個字：借力打力。

而這「太極引用訣」也是同一個道理，正所謂「他山之石，可以攻玉」。

我們在寫作文的時候，若能夠適當地使用這種修辭手法，就會達到四兩撥千斤的功效。

我明白了，就是用別人的力氣來打自己的功夫。

不錯，你們去把至尊飽叫來，今日便將「太極引用訣」教給你們自行修煉。

三日之後，我再來看看你們學到了多少。

三日之後

小可樂三人精神抖擞，準備將所學展現在作文中。

師父，我先來。

「自古逢秋悲寂寥，我言秋日勝春朝。」帶着落葉的聲音，伴隨着緩緩的音律，秋姑娘溫柔地走來了。

抬頭仰望，天空藍得無一絲瑕疵，遠處萬山紅遍，層林盡染。

秋風徐來，葉子一片片翩然落下……

帶着一絲絲遺憾，投向大地母親的懷抱。它們跳躍着，旋轉着，為大地母親披上了金色的秋裝。

不錯！可以引用詩詞中的名句，使用恰當就能引起讀者的共鳴。

謝謝師父指點。

比如，「慈母手中線，遊子身上衣」就可以用在《母親》這篇作文裏。

油菜花將「太極引用訣」用在作文《謙虛》的結尾。

「滿招損，謙受益。」我們要培養謙虛的美德，做一個高尚的人。

很好，引用當然也可以引用古今中外的名人名言，引用常常出現在一篇文章的開頭或是結尾。

油菜花的這篇《謙虛》的開頭，引用了富蘭克林說過的「缺少謙虛就是缺少見識」，還做到了首尾呼應，非常不錯！

一古一今兩句關於謙虛的名言是很好的引用，往往能夠畫龍點睛。

多謝師父。

最後，至尊飽展示了他的大作《我的母親》。

呼……

「世上只有媽媽好，有媽的孩子像塊寶……」這首歌大家都聽過吧，母愛正如一首首歌謠，唱出了動聽的愛的旋律，唱出了人間真情。

阿飽師弟居然引用了歌詞？

是啊，尤其是媽媽做的包子，又大又香，好饞啊……

你是餓了吧！

引用的歌詞很好。阿飽啊，從你的這篇文章來看，你一定是想念家鄉的媽媽了吧。

祕籍點撥

　　我們常常會在文章裏看到「引用」這種修辭手法。你可以引用古代名句和名人名言，來突出和佐證自己要表達的意思。學會引用，可以讓你的文章更加豐富立體、血肉豐滿。引用有明引和暗引之分。

　　明引指的是在引用時加上雙引號或是註明出處。如峻青在《雄關賦》中寫道：「『慟哭六軍俱縞素，衝冠一怒為紅顏。』吳梅村的《圓圓曲》，道出了當時愛國人士對吳三桂的憤慨和痛恨。」

　　暗引指的是在引用時不加雙引號，並且不註明出處。如沈石田的《薄粥詩》中寫道：「薄粥稀稀碗底沉，鼻風吹動浪千層，有時一粒浮湯麵，野渡無人舟自橫。」其中尾句引用韋應物的《滁州西澗》，卻沒有標明作者與出處。

用武之地

　　「只要功夫深，鐵杵磨成針。」少俠你最近非常勤奮地修煉「太極引用訣」，有甚麼心得體會？來給大家

分享一下你的感悟吧！

請摘錄一句適合引用在作文裏的詩句。

_____

_____

_____

_____

請摘錄一句適合引用在作文裏的名人名言。

_____

_____

_____

_____

請摘錄一句適合引用在作文裏的歌詞。

_____

_____

_____

_____

第十五回

修辭雙手互搏術

一句話裏可以用多種修辭

左手畫圓右畫方，一心二用生靈光。
雙手互搏左右攬，修辭多用威力強。

　　你知道嗎？兩個事物共存或合作狀態的效果大於它們單獨疊加的效果時，就會出現「1+1>2」的現象，這種現象被稱為「協同效應」。在寫作使用修辭手法的時候，也可以利用協同效應。排比、比喻、擬人……我們可以根據需要對它們進行交叉使用或者組合使用。恰當的疊加，可以讓修辭手法的使用效果加倍。一起來試試看吧！

又是一天早上，小可樂和至尊飽在院子裏玩耍。

抓到我就給你吃！

不行了，我跑不動了。

小師妹，你在幹嗎？我們是作文派，你這又畫圓又畫方的，莫不是在練隔壁數學派的功夫？

大師兄，你說錯啦，我是想練習一心二用。這套功夫，乃是多年前一位武林高人所創，叫「雙手互搏術」。

聽說只要練成了這套武功，就能夠令自己的左手和右手過招，好像把自己變成了兩個人，可以做到一心二用。

101

可你為甚麼想學一心二用呢？

總算吃到了。

我們都在苦練《修辭篇》裏的武功，「排比連環掌」「比喻形意拳」「萬物擬人功」……這些功夫都很棒。

可我一直在想，這些修辭手法是不是可以在同一個句子裏使用呢？

如果我能練成這「雙手互搏術」，就可以左手比喻、右手排比，那這招式的威力不就倍增了嗎？

就像上面這樣。

原來如此，不愧是油菜花，這都想得到！

很好!

孔子曰:「學而不思則罔,思而不學則殆。」難得你們兩個能夠邊學習,邊思考。

確實,這些修辭手法,都是可以用「雙手互搏術」來增加威力的。

這裏正好有些文章,你們來看一下。

是,師父。

謊言是一隻心靈的蛀蟲,將人的心蛀得面目全非;

謊言是一個深深的泥潭,讓人深陷其中無法自拔;

謊言是一個無盡的黑洞,讓人墜入深淵,萬劫不復……

我知道!

這是排比加上比喻!

不錯,這位小作者在寫作文時,就使用了「雙手互搏術」!

你們再看看這篇。

春天的雨，細膩而輕柔，給山野披上美麗的衣裳；

夏天的雷，迅疾而猛烈，為征途敲響進軍的戰鼓；

秋天的風，清爽而愜意，給落葉帶去多情的問候；

冬天的雪，潔白而剔透，為生命送來精心的呵護……

又有氣勢，又生動形象，怎麼做到的？

排比能讓語段增強氣勢，擬人使句子更加生動形象。

這位小作者在寫文章時，同樣施展了「雙手互搏術」，這樣語言就變得更加精彩、更為吸引人了。

孺子可教也。

接下來，師父又從書本裏給他們讀了好多這種「雙手互搏」的文章。

三位徒弟通過閱讀修煉提高了內功，作文能力又踏上了一個新的台階。

祕籍點撥

修辭手法可以組合使用，就像是上化學課做實驗的時候，將兩種不同的試劑加在一起，會產生奇妙的化學反應一樣。

1. 排比 + 比喻

只用排比，文字未免顯得單調，如果加上比喻，就生動多了。

例如《桂林山水》中這樣寫：「桂林的山真奇啊，一座座拔地而起，各不相連，像老人，像巨象，像駱駝，奇峯羅列，形態萬千……」

這一片段連用排比 + 比喻的修辭，將桂林山「奇特獨絕」的特點刻畫得生動具體。

2. 比喻 + 擬人

比喻和擬人可是好朋友，在寫景的文章裏面，它們經常一起出現。

例如《趵突泉》裏寫的：「有的好幾串小碎珠一起擠上來，像一朵攢得很整齊的珠花，雪白。有的……這比那大泉還更有味。」

這一片段運用比喻 + 擬人的修辭，將趵突泉小泉的那種活力與美麗寫得很生動形象。

除了以上兩種結合之外，還有哪些修辭可以組合在一起呢？快去試試吧。

用武之地

少俠，聽說你最近神功大成，練成了傳說中的「雙手互搏術」，可以同時用兩套甚至是三套功夫，那真叫一個威力倍增！快看呀，前方有兩個強盜向你夾擊而來，快使出「雙手互搏術」，一舉擊敗他們吧。

請試寫一個關於春天的語段，嘗試在一句話裏用上兩種甚至是多種修辭手法。

_____

_____

_____

_____

_____

_____

_____

第十六回

作文武學大觀園

你所學的修辭只是冰山一角

比喻擬人很形象，排比誇張氣勢強。
修辭手法有多少？多如過江之鯽魚。

　　自語言誕生以來，修辭就與其密不可分。離開修辭的語言必定是乾巴巴的，毫無美感可言，甚至可以說，離開修辭語言就失去了魅力。目前漢語系統中，已知的修辭手法有六十三大類，七十八小類。除了比喻、擬人、誇張、排比、設問、反問等常見的修辭手法之外，比擬、借代、對偶、反覆、襯托、用典、化用、互文等，也是文學作品中經常使用的。你可以試着使用一下其中一種，感受一下它們對語言修飾的強大魔力。

107

小可樂、至尊飽、油菜花三位師兄妹經過三個月的勤學苦練，已經把學習的武功練得精熟，兩位師父十分欣慰。

這日，師父將弟子召集在大廳開會。

最近徒兒們在修煉《修辭篇》的幾門武功時有甚麼心得？

我最喜歡用「比喻形意拳」和「萬物擬人功」，一內一外，內外結合，往往能讓作文更加生動形象。

小可樂向來活潑好動，聰明機靈，的確適合使用能讓作文變得更加生動形象的比喻和擬人這兩套功夫。

我吧，我最喜歡的就是「排比連環掌」和「誇張大力丸」了，因為這樣能夠增強氣勢，還能給人留下深刻的印象。

像阿飽你胃口這麼大的孩子，文風自然也是恢宏大氣了，排比和誇張可以說是為你量身定製的。

小花也說一說。

是，師父。

除了兩位師兄的這些功夫，我還喜歡在作文裏加入「砂鍋三問法」「太極引用訣」等比較少用和罕見的修辭手法。

這樣可以讓寫作的修辭富於變化，也給文章增添一些新意。

小花一向冰雪聰明，最有悟性。你的文章往往能與眾不同、另闢蹊徑，正是得益於修辭方法的豐富與多變。

你們可知道，《修辭篇》裏的武功一共有多少種？

呃……八種？九種？

現在漢語界裏可知的修辭手法一共有六十三大類、七十八小類。

在這作文江湖裏所對應的武功自然有七十八種之多。

比如「比喻形意拳」這一大類，就可以分成「明喻」「暗喻」「借喻」「博喻」等好幾個小類。再比如這「砂鍋三問法」，就包含了「疑問」「反問」「設問」三大分支。

除了你們這陣子已學到的常見功夫外，《修辭篇》裏還有「反覆三掌」「對比雙刀」「聯想心法」「對偶陰陽劍」「雙關迷蹤腿」「反語回馬槍」「移情大法」等。

這真是：劉姥姥進大觀園——眼花繚亂呀！

還有那麼多！

不錯！其實我們平常用到的一些修辭手法只是作文世界裏的冰山一角。

中國的文化博大精深，衍生出來的修辭手法也是多如過江之鯽。

師父，我都想學呢！

凡事要循序漸進，欲速則不達，隨着你們的成長，慢慢都會學到的。

武功越豐富，寫作文的招數就越多。

正所謂：學到老，活到老。這本《作文神功》記載着所有的修辭手法。

你們就帶着在路上看吧！

師父，我們要去哪兒？

路上？

？

我們作文派的基本武學你們都已經學得差不多了，今日，你們三人都可以正式出師了。

是時候下山去闖蕩江湖啦！在真正的作文江湖裏，你們一定會遇到更多奇人異事的。

多謝師父教導，徒兒謹記！

祕籍點撥

我們常用的一些修辭手法僅僅只是作文江湖裏的冰山一角。中華文化博大精深，衍生出來的修辭手法多如過江之鯽。同學們在語文學習中，一定要注意積累不同的修辭手法。

1. 借代

借代就是指用一個物體來代指另一個物體。

例如「知否知否，應是綠肥紅瘦」。這裏用「綠」代指「青草」，用「紅」代指「花瓣」，是用顏色代指物體。

2. 雙關

雙關就是指在一定的語言環境裏，刻意使某個語句有兩種意思。

聯想公司曾經打過一個廣告：「人類沒有聯想，世界將會怎樣。」這裏的「聯想」一詞，就具有雙重含義。表面上是指人類的想像力，實際上指的是公司品牌。這句廣告語以雙關的方式強調了聯想公司在世界上的影響力。

3. 對偶

幾個句子如果結構相同，字數相等，詞性相對，

就構成了對偶。例如：牆上蘆葦，頭重腳輕根底淺；山間竹筍，嘴尖皮厚腹中空。這一副對聯上下兩聯都為十一個字，前四後七；結構相同，均為「事物＋特點」；詞性相對，名詞對名詞，形容詞對形容詞。

用武之地

少俠，聽説《修辭篇》裏的功夫還有「反覆三掌」「對比雙刀」「聯想心法」「通感神功」「對偶陰陽劍」「借代一指」「雙關迷蹤腿」「頂真飛鏢」「反語回馬槍」「移情大法」……這麼多武學，你能給我們介紹或展示一兩種嗎？

請試寫幾句用上了較為罕見的修辭手法的句子，例如：反覆、對比、通感、借代……

反覆：＿＿＿＿＿＿＿＿＿＿＿＿＿＿＿＿＿＿

借代：＿＿＿＿＿＿＿＿＿＿＿＿＿＿＿＿＿＿

通感：＿＿＿＿＿＿＿＿＿＿＿＿＿＿＿＿＿＿

對比：＿＿＿＿＿＿＿＿＿＿＿＿＿＿＿＿＿＿

＿＿＿＿＿＿＿＿＿＿＿＿＿＿＿＿＿＿＿＿＿＿